Les MÉLODILOUS

Visite au ranch

Adapté par Justin Spelvin
Basé sur la série télévisée originale de McPaul Smith
Illustré par The Artifact Group

Basé sur la série télévisée *Nick Jr. The Backyardigans*O.

2004-2006 Viacom International Inc. Les Mélodilous et tous les titres, logos et personnages sont des marques déposées de Viacom International Inc. NELVANA^{MC} Nelvana Limited. CORUS^{MC} Corus Entertainment Inc. Tous Droits Réservés.

Publié par **PRESSES AVENTURE**, une division de
LES PUBLICATIONS MODUS VIVENDI INC.
55, rue Jean-Talon Ouest, 2ᵉ étage
Montréal (Québec)
Canada H2R 2W8

Paru sous le titre : *Riding the Range*

Dépôt légal : Bibliothèque et Archives nationales du Québec, 2006
Dépôt légal : Bibliothèque et Archives Canada, 2006

Traduit de l'anglais par : Catherine Girard-Audet

ISBN 13: 978-2-89543-592-1

Nous reconnaissons l'aide financière du gouvernement du Canada par l'entremise du Programme d'aide au développement de l'industrie de l'édition (PADIÉ) pour nos activités d'édition.

Gouvernement du Québec – Programme de crédit d'impôt
pour l'édition de livres – Gestion SODEC

« Hi-ha ! Je suis un cowboy ! dit .
THÉO

À qui appartient cette  ? »
CORDE

 le cowboy part à la recherche
THÉO

du propriétaire de la .
CORDE

« Hé ! Ma  était dans le

CORDE

 , mais maintenant elle

CARRÉ DE SABLE

ne s'y trouve plus ! » dit

VICTORIA

« Regarde ! dit  . Des

PABLO

 ! » « Ces

EMPREINTES DE PIEDS   **EMPREINTES DE PIEDS**

ont été laissées par

des  de cowboy ! »

BOTTES

dit  .

TASHA

« Il y a un bandit en liberté, dit  PABLO . Nous devons le trouver ! »

 ,  , et  mettent
PABLO   TASHA   VICTORIA

leurs  et montent
CHAPEAUX

sur le dos de leurs  .
CHEVAUX

« Les  se dirigent à

EMPREINTES

l'intérieur de ce canyon », dit

PABLO . « Il fait sombre », dit TASHA .

, , et  entrent
PABLO   TASHA   VICTORIA

au galop dans le canyon.

Ils se perdent aussitôt !

« Comment sortons-nous
d'ici ? » demanda  .

TASHA

« Les murs sont trop petits »,

dit  .

VICTORIA

« Salut les potes ! Je suis  !

le cowboy ! » dit une voix.

THÉO

« Si votre  aperçoit une ,
CHEVAL   POMME

dit , il parviendra à sortir de là.
THÉO

Les adorent les ! »
CHEVAUX   POMMES   THÉO

sort une de son .
POMME   SAC

Les  grimpent en direction

CHEVAUX

de la  ! , , et

POMME   PABLO   TASHA

 remercient

VICTORIA   THÉO

pour son aide.

« Nous cherchons un bandit »,

dit PABLO. « Mais il fait trop sombre

pour le chercher maintenant »,

dit THÉO.

« C'est l'heure de dormir »,

dit  .

TASHA

Le matin suivant,  se lève

THÉO

et monte sur son . CHEVAL

« Je vais laisser les autres

dormir », dit .

THÉO

À mesure que  s'éloigne,
THÉO

des POMMES tombent de son SAC !

Les autres CHEVAUX ont faim, alors

ils suivent les POMMES !

PABLO  , TASHA  et VICTORIA  se réveillent. THÉO

et les  CHEVAUX ont disparu !

« Le bandit les a capturés ! »

dit  .
PABLO

PABLO suit les EMPREINTES .

VICTORIA et TASHA suivent PABLO .

« Le bandit doit se trouver
à l'intérieur de cette  ! »
CABANE
dit  .  ,  et  , se
PABLO   PABLO   TASHA   VICTORIA
dirigent vers la  en marchant
PORTE
sur la pointe des pieds.

Puis, ils se précipitent

à l'intérieur

de la  !
CABANE

« Salut ! » dit .
THÉO

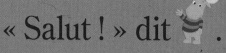 aperçoit le lasso de .
VICTORIA   THÉO

« C'est ma ! »
CORDE À SAUTER

dit-elle.

« Je cherchais son ou sa

propriétaire », dit .

THÉO

 lui redonne la .

THÉO   CORDE À SAUTER

Puis, le ventre de  se met

VICTORIA

à gargouiller.

« Nous pouvons aller dans ma  MAISON pour manger des BISCUITS », dit PABLO.

« C'est une bonne idée, dit

THÉO . Je n'ai plus de POMMES ! »